緬華截句選

緬華畫家王根紹畫作

截句

●

是詩行裡，永不凋零的宇宙之花。

4

行詩

浪，

撞擊礁岩的剎那，

成＿＿＿

花。

截句，

即是一
筆飛
白。

【截句詩系第二輯總序】
「截句」

李瑞騰

　　上世紀的八十年代之初，我曾經寫過一本《水晶簾捲──絕句精華賞析》，挑選的絕句有七十餘首，注釋加賞析，前面並有一篇導言〈四行的內心世界〉，談絕句的基本構成：形象性、音樂性、意象性；論其四行的內心世界：感性的美之觀照、知性的批評行為。

　　三十餘年後，讀著臺灣詩學季刊社力推的「截句」，不免想起昔日閱讀和注析絕句的往事；重讀那篇導言，覺得二者在詩藝內涵上實有相通之處。但今之「截句」，非古之「截句」（截律之半），而是用其名的一種現代新文類。

　　探討「截句」作為一種文類的名與實，是很有意思的。首先，就其生成而言，「截句」從一首較長的詩中截取數句，通常是四行以內；後來詩人創作「截句」，寫成四行以內，其表現美學正如古之絕句。這等於說，今之「截句」有二種：一是「截」的，二是創作的。但不管如何，二者的篇幅皆短小，即四行以內，句絕而意不絕。

　　說來也是一件大事，去年臺灣詩學季刊社總共出版了13本個人截句詩集，並有一本新加坡卡夫的《截句選讀》、一本白靈編的《臺灣詩學截句選300首》；今年也將出版23本，有幾本華文地區的截句選，如《新華截句選》、《馬華截句選》、《菲華截句選》、《越華截句選》、《緬華截句選》等，另外有卡夫的《截句選讀二》、香港青年學者余境熹的《截竹為筒作笛吹：截句詩「誤讀」》、白靈又編了《魚跳：2018臉書截句300首》等，截句影響的版圖比前一年又拓展了不少。

　　同時，我們將在今年年底與東吳大學中文系合辦

　　「現代截句詩學研討會」，深化此一文類。如同古之絕句，截句語近而情遙，極適合今天的網路新媒體，我們相信會有更多人投身到這個園地來耕耘。

【推薦序】截句的魔毯──
《緬華截句選》序

白靈

　　2014年，臺灣詩學季刊社主催的「鼓動小詩風潮」，是聯合幾個詩刊及文訊雜誌社，於該年出版了八本小詩專輯、舉辦現代小詩書法展、吹鼓吹詩雅集等，熱鬧了一整年。也就在那年詩雅集的一次活動場合中，認識了來自緬甸的華裔詩人王崇喜（號角）。加上第二年又參與了他所屬五邊形詩社在仰光主辦的東南亞華文詩人大會，從那以後，與緬甸華文詩壇遂有了若干的聯繫和互動。所謂緣起不滅，詩的語言魅惑與隱含的精神聯繫，使得臺灣與兩岸四地和東南亞諸國華裔詩人，因詩結緣，因詩而有踩上語言魔毯、願比翼飛翔或良性競渡的共好願景。

　　而從2017年初臺灣開始在臉書上推動的「截句」，是一直將之視為數十年來小詩運動（被認定是十行以下或百字以內）的一個新契機來看待的。過去小詩運動多侷限在平面媒體上推展，成效有限。截句更簡潔的四行以下，可新創可截舊的規則，使其具備更大的彈性空間，加上臉書的跨國跨區特質、智慧型行動裝置的普及和螢幕顯示方式，以及與聯合報副刊連續兩年合辦多次截句限時競賽，網上網下雙線並進，獲得的迴響遠超乎想像。

　　因此臺灣詩學季刊社繼去年出版15本截句後，今年再度推出23本，此選集即東南亞五國華文截句選中的一冊。各國詩友正好藉助此一小詩的特殊形式相互觀摩，切磋詩藝，實為自有新詩以來的一有趣而可公平競比的「詩形式平臺」。

　　過去多年來，緬甸是東南亞諸國的華文詩壇中與臺灣互動最少的區域，臺灣詩壇對緬華的新詩發展幾無所知。此回透過主編王崇喜的邀稿和努力，讓我們看到了緬華詩界潛在的詩的實力其實無比雄厚，比

如五邊形詩社三位詩人的作品:

〈褒貶〉／號角

黑夜迴避了所有的褒貶
給了影子一個住所,也給了我床

光明的世界啊!
我能從你偉大的口袋裡打撈我的繁星嗎?

〈母親〉／雲角

最後一片花瓣落下
母親紅著雙眼、望著
被一層厚厚的灰塵
覆蓋的門檻,久久沉默

〈傳統下的獨白〉／天角

> 傳統追捕著想跳脫窠臼的人
> 傳統深值人心，百年、千年、萬年
> 傳統是祖祖輩輩口中的老人家
> 我穿越過去，指著老人家說：閉嘴！

號角的〈褒貶〉是對塵世人言亦言的「褒貶」二字的諷刺和調侃，也就是對於世俗價值的不屑和鄙斥，寧可選擇躲開所謂光明世界（偉大的口袋）而安於一己內在的聲音（黑夜）和自我價值的判斷（住所和床）。此詩藉黑夜與光明代表內在與外在，極端的對比，使詩顯現張力，充分展現了在世俗背後（影子）年輕人欲「自我實現」（打撈我的繁星）的決心和信心十足的認知。詩僅四行，卻言淺意深，極富哲思性。

雲角的〈母親〉一詩像一篇超微型小說，寫的是天下母親空等兒女而無音無息的情境和酸苦，卻只

以紅著雙眼、望著厚厚灰塵覆蓋的門檻、和久久沉默寫其無言，悲苦之深反而更為顯現。其中「最後一片花瓣」並不落在灰塵覆蓋的門檻上，則此落下的花瓣就非現實之物，而有了多義性，可指期盼的失落、青春年華的虛度、歲月時光的老去、乃至兒女的一一殞落。此句的空間感使得後三句的時間累積有了亮眼的開頭和想像的空間，文字平實卻有推開時空的力道。

　　天角〈傳統下的獨白〉一詩顯然藉引李敖（1935-2018）《傳統下的獨白》（1966）書名而來。李敖年輕到老皆是個「憤青」，認為年輕人「若要真的振作起來，非得先培養憤世嫉俗的氣概不可！」、「社會給青年的教育，不該是先讓他們少年老成、聽話、做爛好人。應該放開羈絆，讓青年們儘量奔跑，與其流於激烈，不可流於委瑣；與其流於狂放，不可流於窩囊」，此作秉此精神，對傳統的困縛發而為詩，除第二句外均具詩的筆法，追捕、傳統等於老人家、叫老人家閉嘴等，筆力短而大膽、反抗強烈、兼具調侃。使對傳統有好感的讀者尚不致於產生被忤逆

的反感。

　　2017年才成立的緬甸古韻新聲詩社既提倡古韻也鼓勵現代詩的新聲，現任社長滇楠和該社成員的谷奇的兩首詩可看出此詩社的潛力：

〈鷹〉／滇楠

翅膀搧開白雲
草叢中的鼠輩便無所遁形

居廟堂之高的你啊
我願借你一雙銳眼

〈廢墟〉／谷奇

八根雕花的柱子撐著圓形的屋頂
新郎牽著愛人的手走入新房
一切如此美好

在導彈飛來之前

　　滇楠的〈鷹〉是一首政治諷諭詩，對在上位者
看不見小人包圍身邊（草叢中的鼠輩），不能有銳利
的鷹眼，看清事實真相，詩人痛心疾首，卻又無力改
變，只能發而為詩，首二句以翅煽雲，有雄偉有力之
勢，末句以眼補足，說明非鷹而踞高位，德不配位，
百姓豈從不苦哉？谷奇的〈廢墟〉是倒敘法書寫戰爭
的悲劇，先有結果（廢墟），然後倒敘悲劇發生前的
過程，和發生的瞬間正是新婚之日，導彈飛來，摧毀
了一切美好。前三行的散文平鋪，在末行頓然倒轉，
詩意乃生，令人驚悚莫名。而這樣的悲劇迄今並未終
止，遂有了人類苦痛的普適性，不同的只是武器的差
異而已。
　　出生於緬甸抹谷的五邊形詩社成員段春青（轉
角），帶領了抹谷地區的華校學生創立「抹谷雨詩
社」，其中成員李碧改的作品是唯一收錄於此截句選
中的年輕人（1997年出生），他以短句見長，比如：

〈腳步〉

你是一部分
生下來的一部分

〈黑燈下的火〉

黑燈下
光是最寂寞的少年

〈夕陽〉

每一句加在劇本裡的臺詞
就為了看你一眼

　　均短短二行，卻見思索性，〈腳步〉說的非尋常
腳步，而是流浪、走在路上、居無定所的命運。〈黑

燈下的火〉的「黑燈」也另有所指，非尋常之燈，而或有鉗制文意，火和光則是抵抗，卻可能只是難獲支援的「最寂寞的少年」。〈夕陽〉本不長，轉瞬即逝，為了使之暫留、能多看一眼，不斷地在劇本裡加入臺詞以延遞之，表面說的是夕陽，暗裡或指留不住的美好或夢幻。

　　以上從《緬華截句選》抽樣性地介紹了幾首詩，除了正可看出截句在短短四行之內也有多樣寫法、變幻身姿、無限伸展的可能，也可約略見出緬華詩人藉助如此短小的製作，寫出了對塵世價值的抵抗、親情團圓的失落、政治清明的渴望、和對戰爭的厭惡、流浪和受到控制的反感和恐懼等等，在一定程度上展現出了他們在緬甸地區當下的時空感。

　　截句是一張範疇不大、行動便利的語言魔毯，鑽天或入地，端在詩人如何拿捏而已。緬華詩人們在此截句選中已作了極具特色的示範。

【編選序】

王崇喜

　　七月的仰光，雨水傾盆，近處的街衢巷道，偶
或傳來積水的一陣騷亂；遠方，仍有山崩土石流之噩
耗。然而，漫長的雨季過後，一切又恢復寧靜，緬甸
的母親河——伊江，又向你我伸展著肥沃的雙臂……

　　住在城市的狹巷之中，看著窗外的雨絲交錯，有
時竟敬畏起四季如約而至，有時也為這片詩意的土地
而黯然神傷——緬華現代詩歌詩壇在新詩百年的璀璨
歷史進程中，竟似一條幽暗的谷壑，沒有鬱鬱蔥蔥的
綠林，缺了群芳眾鳥的爭鳴。百年流光，何其寂寥！

　　緬華現代詩歌之百年孤寂，固有其歷史與時空
因素，筆者在〈淺談緬華現代詩歌發展〉一文中已作

概說，在此就不贅述。（僅將上述論文附於本詩集末頁，供讀者參考一二）。

　　然值得欣慰的是，緬甸自2010年改革開放後，政治、經濟、社會、教育等均有了較大的轉變與鬆綁，尤以媒體自由和通訊的暢通，使得緬華文學愛好者有了與國際文壇交流的機會。而一個以創作現代詩為主的詩社──「五邊形詩社」遂於2012年誕生。

　　「五邊形詩社」成立至今，社員已由初創時的四人增至11人。並積極參與到東盟各國華文文學交流組織的行列中，如「亞細安華文文藝營」、「東南亞華文詩人筆會」等。截至2014年底先後集結出版了緬甸華文文學叢書系列作品：《五邊形詩集》（合集之一）、《五邊形詩集》（合集之二）、《一方詩情》（方角、一角）、《遠處的山，近處的水，和腳下的泥土》（轉角）、《原上》（號角）、《十二個太陽和十二個月亮》（奇角）、《時間的重量》（廣角）、《三輪車》（奇角）、《緬甸華文文學網文集》創刊號、《雙木蘭詩選》雙木蘭、《抹谷雨》

等。其中《三輪車》、《緬甸華文文學網文集》分別
為小說和綜合性文學刊物外，其餘均為詩集。

　　繼之，五邊形詩社社員段春青又帶領緬甸抹谷地
區華校學生創立「抹谷雨詩社」，並在拮据的環境中，
編印「抹谷雨」詩刊，在校園裡傳播，引起不小迴響。

　　2015年3月8日五邊形詩社在時局並不是非常穩定
的情況下，冒著一定的風險，首次於緬甸仰光承辦了
「第八屆東南亞華文詩人大會」，並邀請東盟成員國
以及兩岸四地的詩人、學者與會交流。自此，緬華沉
寂了近半世紀的詩壇，才正式的開啟了「迎近來，走
出去」的大門。

　　2017年重陽節，兼容古詩與現代詩兩種文體的
「古韻新聲詩社」也宣告成立，而後在短短半年間，
就出版了《古韻新聲詩集》。由於「古韻新聲詩社」
社員多寫古詩，現代詩則在五邊形詩社王崇喜、明惠
雲二人之參與交流下，帶動現代詩寫作風潮，故《古
韻新聲詩集》集一中，收錄的現代詩作品篇幅極少。

　　綜上所述，緬華詩壇詩運，能有新一代新力軍的

出現，對許多憂慮緬華文學卻力所不逮的老前輩們而言，無疑是一件可喜的事。回望華語現代詩發展至今百年的光輝歲月，縱有再多的遺憾，吾等亦只能抱著「遠者可溯，來者可追」的心態往前行了。

拜通訊之便，近幾年來緬華文學愛好者一直與東盟各國華文作家協會以及兩岸四地的詩人們有了較密且的聯繫，尤其臺灣詩人白靈、林煥彰、李瑞騰、葉莎等對「五邊形詩社」給予大力支持與鼓舞，並在臺灣《乾坤詩刊》、《野薑花雅集》等詩刊上推介緬華詩歌作品，對五邊形詩社的成長，一路呵護扶持。

此次，又幸逢臺灣詩學季刊在面向東南亞各國華文新詩界的「與時俱進，和弦共振」思路中（《臺灣詩學截句選300首・總序》蕭蕭），筆者被委以重任編選《緬華截句選》，並將於年底在臺出版。

「截句」一詞之於緬華現代詩詩壇，完全是一個陌生的新名詞，「截句詩」是臺灣詩人白靈等主催的一種詩歌新型式，以四行為主，可新創，或從四行以上的舊作中，去蕪存菁，截取精華四句。而「截句風

潮」之興起，則沿著2014年臺灣「鼓動小詩風潮」而
來。（《臺灣詩學截句選300首・編選序》白靈）

　　猶記2014年9月，筆者自澳大利亞返回臺灣。21
日，幸蒙白靈、林煥彰兩位老師邀約，於當日下午二
時在臺北紀州庵文學森林參加白靈老師主持的「吹鼓
吹詩創作雅集」活動第四場，並與野薑花詩社詩友靈
歌、季閒、葉莎等都不期而遇，實感驚喜。該次雅集
詩會共14位詩人出席，探討十五位詩人作品。那是筆
者第一次參加「鼓動小詩風潮」的活動，也算見證了
其歷史意義。

　　時隔三年，即2017年9月，筆者與緬華詩友們出
席新加坡承辦之「第九屆東南亞華文詩人大會」上，
並見到了臺灣詩學25週年出版之15本「截句詩系」專
輯，其截句風潮之廣，可見一斑。自此筆者亦開始
嘗試截句詩創作，並發表於臺灣「臺客詩fackbook專
頁」上，其中拙作〈仰光街角隨想〉在臺客四行詩徵
獎中，僥倖獲獎。此亦是在新詩創作的不斷嘗試之
下，意外碰撞的星火。

　　然「截句」因過於講求句子精練，非一定的功力
與巧思，則難以登堂入室。這對於尚在學步的緬華詩
歌寫作者而言，實為一大挑戰，便是《緬華截句選》
組稿的困難之處。在兩個月的鼓動之下，緬華詩友們
也一鼓作氣的嘗試截句，最終交稿。

　　《緬華截句選》收錄了三個緬華詩社社員作品，
其中收錄「五邊形詩社」：號角、轉角、奇角、廣
角、雲角、海角、天角等七位成員作品，每人各十五
首；收錄「古韻新聲詩社」：滇南（15首）、益壽
（15首）、谷奇（15首）、藍翔（10首）等四位成員
作品；「抹谷雨詩社」星雨十首作品。共收錄170首
截句詩作。不可諱言的是，本次選入的作品，均為嘗
試之作，從題材、內容以及詩歌的金屬含量，都有極
大的拓展與提升空間。

　　今集結出版，旨在追星逐月，步眾詩家之身後，
俯拾些許詩趣，為緬華詩歌詩壇，添一根火柴。

2018年7月7日寫於仰光

目　次

輯二｜奇角截句選

輯四 | 廣角截句選

輯五｜雲角截句選

輯六｜海角截句選

輯七｜天角截句選

輯八｜滇楠截句選

輯九 | 益壽截句選

輯十｜谷奇截句選

輯十一｜藍翔截句選

輯十二｜星雨截句選

▌附錄

號角截句選

號角

　　王崇喜，緬籍華人，筆名號角。1983年生於緬甸臘戌。喜愛現代詩、書法、繪畫。教育工作者。

　　二〇一一年臺灣國立中央大學中國文學系學士畢業。

　　二〇一二年與緬華文友張祖陞、段春青、黃德明創立「五邊形詩社」。同年八月代表緬華出席吉隆坡「第十三屆亞細安文藝營」。

　　二〇一三年十二月代表緬華出席曼谷「第七屆東

南亞華文詩人大會」。

　　二〇一五年三月,與五邊形詩社成員首次於緬甸仰光承辦「第八屆東南雅華文詩人大會」。

　　二〇一五年十一月十二日,應世界華語詩歌聯盟邀請,赴江蘇鎮江參加「世界華語詩歌大會」。

　　二〇一七年九月一日,代表五邊形詩社赴新加坡出席「第九屆東南亞華文詩人大會」。

　　二〇一八年獲臺灣「臺客四行詩獎」。

　　個人出版作品:《原上》詩集(2015)、〈淺談緬華現代詩歌發展〉。

　　現任:五邊形詩社社長、東南亞華人詩人筆會理事、緬華書畫協會會員、緬北書畫協會副會長

截句

短笛雖短
尤能吹出更高的音域；
卵石，投之入水
或可濺出時代的迷思

2018.

褒貶

黑夜迴避了所有的褒貶
給了影子一個住所，也給了我床

光明的世界啊！
我能從你偉大的口袋裡打撈我的繁星嗎？

2017.9.3 於新加坡

午夜陣雨

突然，像一群小鹿奔騰的蹄子
朝我半醒著的夜裡奔來

嘩然，蹄聲越過我矮小的屋頂
越過小鎮幽幽的睡夢

2013.04.15 澳大利亞 旺薩吉小鎮

從我的夜，眺望你的黎明

腳踮到了風口浪尖
為那枯萎的花園，摘一朵寫意的流雲

雲外，巫女背來了一袋雨霧
於是我只能從我的夜，眺望你的黎明

2017.9.14

覺醒

太陽自世界的一角升起
美麗的一天便擺在我面前了

緊鎖著門窗睡覺的人啊！
陽光怎麼都照不亮他的陽臺

2018.6.6 晨，仰光 列丹

凹凸

僧侶們日日早起誦經
黎明，還得往塵世裡走一趟

苦行中繭化了的腳趾
能否鋪平這凹凸世界？

2018.5.12 聞緬北戰事有感

高度

羚羊縱身一躍
便傲立於峭壁之上

所謂風骨，可不是
蛇的昂首作勢能偽裝的啊！

2018.5.14 由臘戌返鄉途中

眼界

僅憑我赤裸裸的手臂
怎能丈量這嶙峋的大千世界

但有一把抽也抽不盡的捲尺
從我的眼裡向宇宙的盡頭，延伸

2018.5.23 仰光 列單小厝

黑夜

我不能告訴你她的樣子

但她擁抱我時，更像母親

仰光街角隨想

滿城的灰鴿子與黑鴉無數
街角，貪婪的爪姿與嘴殼隱約暴露

追尾的麻雀善良多了，它們只愛
啄那菩提樹下的稻穗和流浪漢的鼾聲

2018.3.26

注：2018年獲臺灣「臺客四行詩獎」

無題（之一）

簸箕裡挑稗子

耳朵裡篩風

水流到大海是水，雲

飄到另一座山還是雲麼？

2017.8.25 夜

無題（之二）

陽光走到潮濕的巷口就繞道了？

毛毛蟲是否在疼痛的夢裡鐫刻過美麗的花瓣

黑暗中犀利的貓眼啊！

它輕巧的步伐在深夜裡更加的堅定

2017.8.26 夜

茵萊湖上的漁夫

茵萊湖畔，單腳
佇立成一只孤獨的鶴影

魚，都漏網了
就捕那一尾浮游的落日

2018.3.20

思索

生活中堆疊的苦趣
或可摺成一葉夏荷，搧風

五月，迎面撲來的塵土喲！
彷彿想收購我的天真

2018.5.15 臘戌車站

凡被丟棄的，
會以另一種方式回來

落葉只是在寒冷的冬天做了一個夢

就被溫暖的大地感化了

過剩的塑料袋隨洋流漂了幾個世紀

那以各種姿態集體擱淺的魚和鯨，都沒能將他們感化啊！

2018.5.26 晨，仰光

緬華截句選

奇角截句選

二

奇角

　　黃德明，緬甸華人。1986年出生於緬甸臘戌。

　　五邊形詩社成員，筆名奇角。

　　著有詩集《五邊形詩集》第1、2集（與五邊形詩社成員合集出版）。短篇小說《三輪車》。個人詩集《十二個月亮十二個太陽》。

垃圾桶

有的人
丟進了一個空瓶

有的人
找出了一個水瓶

家

報紙上有很多條的路

有死路、有活路

有孟加拉灣和鐵欄刺尖上的路

七夕

一個情婦扮上了織女
一個情夫扮上了牛郎
他們的愛人
在屋裡做了這個夢

民工

不知道是誰

用錢買了這間房子

結婚、生子

吵架和幸福

蜻蜓

風對水說

把你的眼睛給我

我想看看你

鳥

扛我到你的屋子裡
把我做成屋梁
這時候我已不知道
我是樹還是你的屋子

中文

小時候

我的眼珠很黑

現在我的眼珠很白

我看不到光

三月將至

人吃了糧食

牛肉和骨頭

牛耕地

牛只有乾草和鼻環

青山

雨走了後

大地上浮出一片小小的水窪

像一隻眼睛

偷偷地看著太陽

掉下的耳朵

秋天

樹的影子

終於等到那一片一片的光

從樹的耳朵掉下來了

屋裡

飛鳥像風
有時愛上樹的那邊
有時它又愛上樹的那一邊

青草

樹在林子裡數著自己的葉

我並不想動

只是想讓你快樂

三代人

一片葉子

兩片葉子

三片小葉子

在斜斜的角度上

郵箱

它已經好多年沒有聽說

一座房子

浪漫的

給另一座房子讀信

我希望，人們手牽手

暮色披著長髮的山巒
像手牽手的詩人
城門在沉思
像詩人憂鬱的眼睛

轉角截句選

轉角

　　段春青，筆名轉角、楊散。

　　緬甸華人，1982年出生於緬甸抹谷。

　　已出版散文《遙寄緬甸一情香》、《荒草集》。
小說《百戶長英雄傳》。《五邊形詩集》詩歌合集1、
2。個人詩集《遠處的水、近處的樹、腳下的泥土》。

　　緬華「五邊形」詩社及「緬甸華文文學網」成
員。新加坡《聯合早報》、菲律賓《世界日報》專欄
作家。

活著

鷹的孩子死了
它把孩子的身體
撕成一片一片
餵給活著的孩子吃

燈光

需要多久

才能回想，我所認識的人

要看過多少的面容

才能知道，我有多開心

傳承
——母親的姓氏

外婆姓周

她的父親也姓周

周家莊的布鞋

是她縫了半年的嫁妝

2018.3.29

水

一個叫做人的人走到湖畔
教他的孫子將小魚釘死在鐵鈎上
釣結實累累的大魚

山。你的信仰涅槃

山，你有什麼能力

讓我放棄一切所愛

去死守一個地方

然後告訴自己，世界美好

第十二月

冬天，我已經站得很低，很低
冬天的風，很輕很輕

黑夜，我已經停得很小，很小
黑夜的光，在房間裡，很靜，很靜

人生

牆上的爺爺

你的父親和母親

叫什麼名字

一家人

餐桌上

只有一雙筷子

蒲公英

在你面前
有時候，我覺得自己像山又像霧
重重的躺在這片泥土
又重重在山頂死亡

2017.5.14

眾生

你以為陽光時充滿微笑
月光時充滿悲傷
可我除了一生勞累
還有眾神賜予的孤獨

再見

讓我告訴你

我走得有多久

久得你忽然看見我

還想不起我的模樣

孤獨

我背負孤傲的身體
想盡辦法，卻苦無辦法
秋天的月光容納我的身體
卻容不下我生來就有的力氣

孤獨

我的世界裡，一直聽不到
一種聲音

我在這個世上，一直找不到
你說的地方

我行走七天七夜，
夜行走七天七夜

我的身上，穿著父親和母親用鹽巴換來的衣服
我的天下是我的雙腳
我的所有都在枯瘦的馬背上

獨白

人們睡熟的夜晚

夢的腳躺在我的腦袋，天生殘疾

廣角截句選

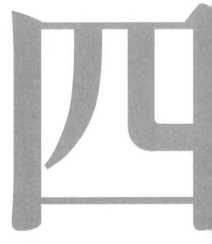

廣角

　　王子瑜、男、緬籍華裔撣邦北部滾弄果敢人。出生於緬北、成長於緬北，長期生活工作在緬中邊陲。

　　1993年開始寫詩。2006年在新浪開設《紫雨詞話》個人文學博客，主要作品有：雜文集、詩歌集、寓言集、微小說等，著有長篇小說《緬北女兒國》。個人詩集有《時間的重量》、《寫詩的人》。

　　2013年初加入「五邊形詩社」角名為「廣角」。

眼睛含情的少女

眼睛含情的少女喲

你那隱藏不住的

灼熱的秋波

不知將會害得多少男人的心房失火

彩虹姑娘

如果說牽掛是純白色的雪花

因為你，我的生活已被白茫茫的雪覆蓋

除了白色的雪

我的世界荒無人煙

作文

任憑他

在紙上調兵遣將

就靠手中的那支筆

指揮著大詞典中的千軍萬馬

戀人的名字

我看見思念的大海之上

飄滿著你的名字

每一個

都散發著花一般的芬芳

我是一朵雲

雨　　是雲的愛情

兩朵雲一旦相愛

就會下雨

這世界不知道我曾經來過

我是太平洋中的一滴水珠

在烈日下蒸發於無形

全世界沒有人知道我的存在和我的消失

也沒有人記得我曾經來過這個世界

語言是個獨裁的判官

假如一個人的好與壞

都全由另一些人的嘴來決定

那麼語言終將成為獨裁的判官

和幾部電視劇一起終老

一顆人腦

被種在沙發裡

每天靠著電視機的光和熱

維持生機

美顏相機讓人們愛上自己

人們在美顏相機的謊言中
對自己天天升高的顏值日久生情
像水仙花那樣
無可救藥地愛上了自己

觀念造就人生

父母和老師在我兒時的幼小心田

隨手種下幾粒思想的種子

如今它在我的意識中

生長成誰也無法撼動的觀念巨樹

知了，其實什麼也不知道

知了是個名不副實的傢伙

儘管他聲音很大

其實他什麼也不知道

甚至什麼也沒有說

有一種劊子手的名字叫愛

愛是一個手中無刀的劊子手

多疑的情人就是用它

把深愛著的另一半的自由

給凌遲或斬首

目光囚徒

所謂名人

只不過是被監禁在眾人目光中的囚徒

他們無論走到哪裡

都無法獲得自由

片面

一片雲

遮住了一小片天

而這片天底下的人

卻以為全世界都是陰雲密布

勢利眼

貧窮的親戚都說
她的眼神鋒利得像把例無虛發的飛刀
曾刺痛每一個到過她家的窮客人

輯 —— 雲角截句選 —— 五

雲角

　　明惠雲，緬籍華人，1986年生於緬甸，臘戍果文高中畢業，現居泰國曼谷。

　　五邊形詩社成員，以「雲角」為號。

焦慮

擺動在烈日下的電纜上
只想站得更自然一點
拒絕接受
肩上被遺忘的一雙翅膀

都市

夜太短
卸下面具的人低著頭
四處奔走，拼湊
自己原來的那張臉

月食

一面是見證

一面是聽說

世界在臆想一場錯過

為你寫詩

我想為你寫首詩

燕子般輕盈的詩

想著想著就睡著了

寫著寫著我就醒了

影子

你把一切生命讓給了我

我卻把黑暗留給了你

父親

是沉迷於鑲著金邊的昨日
還是那份赤子之心
緊握一縷藏於歲月的憂傷
只想找回那如山的肩膀

麻木

一隻飢餓轆轆的鳥
對著牆角下的太陽花
埋怨，城市長不出一根稻草

知了

以為像蛇一般脫胎換骨？
豈知自己只有一腔
聒噪的嗓子
和空無一物之腹

生態

天空是藍的
山是青的，水是潔淨的
母親的乳汁是白的
人類的奉獻是黑色的

珍珠

大山是我的父母
江河是我的老師
深海裡那只貝殼的心窩
是我的歸宿

雲

我的黑暗

是黎明的始與終

在蔚藍的天空裡

多的是冬天給不盡的潔白

茫

人來人往

靜靜地、你似乎在等待什麼

風在流浪

默默地、你彷彿在期盼什麼

落葉

把自己埋葬在自己的根下

默默將靈魂融化

凝聚一股微妙力量

把心的跳動傳承

母親

最後一片花瓣落下
母親紅著雙眼、望著
被一層厚厚的灰塵
覆蓋的門檻，久久沉默

留戀

我流連世間的樣子
是四月間金鏈花飄落的日子
是母親掌心裡的兩塊玉米地
一塊是血汗，一塊是繭

海角截句選

海角

　　何建彪，緬籍華人，1987年生。喜歡創作，詩詞，流行歌曲，微故事等。

　　2013年11月加入緬甸華文文學社團「五邊形詩社」，筆名海角。

你不在

我想給你寫信

關於這城市的天氣

多雲轉晴

像我的心情

時間的缺口

時間有一道小小的傷口

流失了童年

流失了青春

流失了夢想

月光

那一盞路燈

照著回家的路

照著爸爸回去的路

收割

你在冬天埋下幾個文字
來年春天長成一首小詩
一顆破碎的心
是我豐碩的果實

禪

給我一塊淨土
種上一棵菩提
拂塵　拂塵
人世間浮沉

父親

那個雙手曾經舉起世界的人

如今拿雙筷子都會顫抖

戰爭

媽媽的來信

孩子你將永遠不要像你爸爸一樣

一封信也不回來

春風

那邊吹來的風
可能路過我的家
見過我的媽媽

光明

每個人都是一支蠟燭

點亮起來

世界將不會有黑暗

你是誰

你不是夢
卻出現在我的夢裡
你不是詩！
卻出現在我的詩裡

夜

黑夜是一片失眠的海

我們的心事

都在那裡流浪

媽媽的耳朵聾了

電話的那邊

媽媽的聲音

總是孩子你講大聲點

這電話壞了

盲孩子

他點燃著蠟燭
想看看這個世界
喊了一聲媽媽
還是失望的顏色

船兒

我用鉛筆畫了一隻小船

放在銀河裡

載著我的爸爸媽媽

外婆和所有的親人

漂流瓶

把自己裝進漂流瓶裡
丟向遼闊的海平面裡
把所有心事裝進瓶裡
寫上某個地址和姓名

天角截句選

天角

　　楊鳳天，字樂天，號天角，緬甸華人。喜歡中華文化。一顆華夏的種子，因歷史因素在異邦發芽生長。一株飢渴的幼苗，對中華文化入迷而負笈臺灣。欣賞各種文化的豐富多彩，品味每段歷史的濃郁芬芳！

　　1980年出生於緬甸撣邦臘戌，在撣邦完成中學後，於2000年留學臺灣，畢業於國立臺中科技大學。2018年5月7日，加入緬華文學社團「五邊形詩社」，成為五邊形詩社第十一位成員，以「天角」為號。

雲

白雲替稻田遮陽

稻田裡長滿了詩

陽光追逐著詩的影子

影子是白雲，白雲是詩

傳統下的獨白

傳統追捕著想跳脫窠臼的人
傳統深值人心，百年、千年、萬年
傳統是祖祖輩輩口中的老人家
我穿越過去，指著老人家說：閉嘴！

潛龍在淵

龍，潛在水裡
獅子，睡在夢中
蟬，蟄伏在土裡
我，凡塵中裝睡的人

蒲甘

青苔，綠了古塔
是甚麼紅了袈裟？
我坐在塔下冥想
母親河畔見蒲甘

獨行

繁星點點，夜空好不熱鬧
月光皎潔，夜空何等明媚

如今，星星不再眨眼，月亮黯淡無光
夜空剩下我獨行

情網

蛾卵足全力向前飛

與火燄親吻

像一對情侶，墮入

情網

等

這個夏天一點也不炎熱

獨自坐在時鐘的秒針上

一分一秒，一日一年

光陰與知覺，冬眠

醉

是酒醉了夜

還是夜醉了人

不。通通都是月光捏造的

一場錯覺

雨

窗外明明晴空萬里

室內

一顆受了傷的心

泛濫成災

影子

影子在那一刻，擱淺
抑遏著思念的雙手
深怕僅存的紀念品
在擁抱裡，灰飛煙滅

心‧凍

世界一片漆黑

愛，進入永夜

心似冰凍，抱著

殘留的餘溫入夢

心碎

妳在北極蓋了一間愛的小屋

熱情邀我入住

我禁不住無情的冷凍

心，一碰就碎了

雨過天晴

黑夜的盡頭就是黎明

在破曉之前，好好享受冬眠

昨夜被狂風暴雨蹂躪

明早讓晨曦焐熱寒了的心

聞緬北戰事有感

爸爸舉起槍桿子保家衛國
老兵就無法在床邊跟孩子說故事
熙熙攘攘爭什麼？
化干戈為玉帛！

心・潮

大雨過後的夜，十分沉靜
只有呱呱的蛙聲還醒著
不安分的覺醒
以思潮，對抗沒有輪廓的夜

滇楠截句選

滇楠

　　滇楠，原名楊立仁，字德川。緬籍華人。1968年
生於緬甸臘戌市。1985年初中畢業於臘戌明德中學。
後經商至今。

　　2008年10月28日（重陽節），創立緬華「古韻新
聲詩社」，現任古韻新聲詩社社長。已出版古韻新聲
詩集（第一集合集）。

鷹

翅膀煽開白雲
草叢中的鼠輩便無所遁形

居廟堂之高的你啊
我願借你一雙銳眼

青春（之一）

突然記起來時路上
忘了珍惜，迷失了的那一園花圃

那就珍惜還未盡向西山的陽光吧
山角柳暗處總會有另一程花明

青春（之二）

也曾經咆哮著衝下冰山
最終在大漠深處杳無蹤影

就義前的那條內陸河啊
猶自望一望來時的綠洲

動物

血
染紅被牛忘了鋒利的角

也淹沒了語言文字
歌頌不絕的仁慈

癮君子

陽光下
我是人間棄兒

閉上眼
朕乃無上的君王

減肥

上帝賜予

維生的食物

卻讓調料考驗

味蕾放縱下還剩幾許自律

減肥

　　守小乘佛教的食時
　　用大乘戒律的食材

截句

一寸短一寸險
險──等不及圖窮
匕首已經插入心藏

三峽大壩

母親把長長的柔情
拉如寬寬的大海
以磅薄之愛，點亮黑暗
讓子女星夜兼程

落葉

蟬，吟了一夏
才裝訂好一樹詩句

秋風，翻了個臉
就將它撕作一地的殘章

明月隨想

沒有玉盤或水晶球的浪漫

燒餅和披薩

凝結成餓殍夢裡

遙不可及的明月

詩外：忌午兩月餘　每於入
　　　夜飢餓時念及古今中
　　　外亡於饑荒者。

丁酉除夕思附居仰光隨筆

大樹給蔓藤一個家
蔓藤給大樹一個不棄不離的擁抱

那垂下的絲絲根絮
卻也渴望著水泥縫隙裡的一縷泥香

雲雨

漂泊的熱情總會冰涼

冰涼的時候最思念故鄉

故鄉的路並不遙遠

只需，只需縱情的痛哭一場

南蘭水災

山，不再青了
水也就黃了

泥石流終於聽清楚老樹根重複多年的那句話
「失去綠色，我將與你一起沉淪」

老樹

三百歲身軀上的一千隻眼睛
合上，黃昏前的一切留戀

霓虹燈不眠不休，只等
黎明前的一千隻眼睛醒來

詩外：也許這個城市裡，保持日
　　　出而作日入而息的，僅剩
　　　這一園長壽古木了。

益壽截句選

益壽

　　益壽，男，原名李繼儒。1982年出生於緬北南坎市，南坎明德學校初中畢業，曾就讀瓦城孔教高中。現居仰光從商，緬華「古韻新聲詩社」成員。喜愛書法、古典詩詞和現代詩歌。

感冒

汗水起動了火車頭

電桿吹倒午夜的美夢

冷風和熱風在拔河

比賽誰先撕裂眉頭

生命

夜裡

我用一盞燈

驅散了屋裡的黑暗

卻永遠照不亮影子

美食

谷歌，變成了廚娘
烹飪著一道道的菜餚香
芝麻了一把鍵盤
一嘴一嘴的視覺拌飯

腳印

石階上長滿了青苔
爺爺說：小心滑倒
孩子說：不怕
那是爸爸走過的路

清明

金杯倒出的美酒

滴不進厚厚的黃土

今天的魚翅龍蝦

沒有昨天的青菜可口

「古韻新聲」詩集首集問世有感

原來有這樣的約會

胡適和李白在乾杯

旁邊古箏彈響的進行曲

你猜，誰先醉？

三峽大壩

堵住了我的去路
他讓我爬得很高很高
又想讓我更快的跌倒

老家

門前再也走不深的足跡
牆邊的桂花依然飄香
三十年了
飯鍋煮枯了院中的石井

班門弄斧

是什麼點燃了舞臺

是什麼畫出厚厚的濃妝

輕輕地告訴你

這是一支盲人的舞曲

雲

當萬里晴空

我願哭滿一江水

讓陽光

照出你的名字

咖啡

邪魔挾持了初心

吸食著不眠地恐慌

法師掀開清泉滴下的露珠

從呼吸中流暢了血液

打狗棒

不曾有主動出擊的念頭
怎樣去分辨橫行流浪的善惡
當成群結隊擋住了來回的路
誰來保證那是沒有利牙的張口？

影子

懼怕別人看見你的影子
就龜縮在黑暗裡吧！

明亮的燈光下
鏡子裡也藏不住黑影

與詩友相聚

熱情和餘溫烹煮了一桌詩話

那無字的詩就在握手的掌心

三字經會唱滿枝椏

參天大樹下再一起　回鍋

人性

高山攀比窪地
綠葉羨慕枯枝

胖子喜歡瘦瘦的骨
瞎子想戴著墨鏡看日出

谷奇截句選

谷奇

　　谷奇，本名谷從贇，緬甸第三代華人。1978年生於緬北小鎮南坎，初中畢業於南坎地區華校，後移居仰光就讀於仰光大學（緬文）。現從商，兼業餘寫作愛好者。緬甸「古韻新聲詩社」成員。

奢侈

據說，這個枕頭用了八隻鵝
又說，那套床用了兩匹馬

我躺在柔軟舒適的床上數著綿羊
一隻，兩只，三隻……

2017.9.23

問雲

雲，我想問你很多話
我想請你彩色我的詩
結果，你彩色的
是你自己的夕陽

和平

擦亮一根火柴

點燃熊熊火炬

我想把河底的石頭蒸爛

餵飽那些永不滿足的豺狼

問

風　吹走昨夜的清涼
煩躁還是吶喊，那樹梢的蟬
有翅膀卻飛不高的傢伙
寒冬時你們在什麼地方？

熬

風，把一籠饅頭蒸熟
也把路蒸出一座海市蜃樓

四月的蒸籠裡，有詩嗎？
太陽穴滾下顆顆剔透的汗珠

2018.4.3

過客

風，走入秋的軌道
蝴蝶迷失在森林深處
記憶淹埋在泥土裡
來年會長在哪棵樹的枝頭？

2017.8.30

收穫

撒了一早晨的網
沒捕到半朵浪花

海草伸出長長的腳
不時地把海水攪渾

重生

我想落地看看，哪怕摔壞身軀
雲想

雲碎了
親吻一地的草

輪迴

一片雲落地

東山的田肥了

西邊的屋子漂走了

一隻白狐在山頂，看見

窗

風來到窗口
伸手打撈屋裡的故事

時光穿梭在窗裡窗外
時而今生，時而來世

胎

八月，顯得有些無趣
天不藍，雲不淡
只有滴答的雨聲
細數著秋收的夢

2017.8.10

牧羊女的夢

草原上種著一簇簇白雲

草原沒有邊，夢想沒有邊

當秋風吹起的時候

雲想約一朵蒲公英，遠行

難民

一隻貓　走在牆上

左顧右盼，前進後退

忽然「颼」一聲

跳入敘利亞小女孩的眼睛裡

廢墟

八根雕花的柱子撐著圓形的屋頂
新郎牽著愛人的手走入新房
一切如此美好
在導彈飛來之前

城市

昏暗的路燈下，一群夜鶯在覓食
翅膀被交織的網壓著

一輛車有默契的停下
帶走一隻夜鶯，撒下幾把狗糧

輯

藍翔截句選

十
二

藍翔

　　藍翔，本名朱添來，緬籍華人，祖籍廣東臺山。1982年出生於緬甸密支那市。

　　緬甸「古韻新聲詩社」社員、東南亞華文詩人筆會會員、緬華筆會副理事長、菲律賓新潮文藝社海外社員、越南尋聲詩社文字編輯、緬甸密支那緬華書畫寫作協會副會長。

　　出版作品：《藍翔詩集》（2017）

盲

窗　隔著兩個世界

孤單與熙攘　熱情和失落

抵擋不住風雨聲誘惑

推門遠眺　一雙灰白色的眼瞳

小滿新月

夕陽餘暉　剛走
如鉤新月低垂西天

本無相思
因你勾起無盡新愁

夕陽

黃昏釀的葡萄紅
乘著江風伊水一口一口品嘗

女孩出嫁的紅暈
灑了整個天空

芒果

孩提從樹梢上跌落的傷痛

口袋裡　　彈弓和石子偷笑

左手品嘗酸甜

右手揮別童年

停電

燈，每晚瞅著夜的故事
今夜熄了一切光亮

放黑夜回歸了自然
讓星光和月光重溫泥土的芳香

荔枝

炎炎驕陽，果實累累的夏日
品嘗，日啖三百顆的豪言

紅皮　白肉　紫核
每一層都糅合了詩的古早味

飛蛾

地窖歲月

悶熱而不見光明

一雙薄翼，只對燈火情有獨鍾

哪怕　最後一次赴宴也要轟轟烈烈

寫在六一

晶亮玻璃彈珠

塵封著的盒子裡　閃爍著

肩上挑著柴米油鹽醬醋茶

已回不去　數彈珠的年華

鷹

困在洞裡久了
展個翅膀回家看看

天依舊蔚藍
只是白雲裡添加了許多灰色

屋頂夕陽

奔跑是天職
東到西不變的跑道

暫且勾住屋頂的飛簷
悄悄小歇一會兒

緬華截句選

星雨截句選

星雨

　　星雨，本名李碧改。1997年出生於緬甸抹谷。緬甸「抹谷雨詩社」成員。

　　出版：《默谷雨的美》詩歌合集。

稻族

你在看，路過的行人
假裝淡定，默默數著腳步

夜

打開了夢的天窗

看到騎士也在遠方的一處

待著勇敢與堅持

逐步逐步來到了，風的落腳處

我用盡力

我願用一部分的我

換取季節的固執

不再放蕩一切

讓它固定的開放

心鄉遠

風是孤兒

穆斯林也是同族

沒有回頭的海岸

出海的世紀，太遠

祈求葉落不是遺忘

我看夜的寂寞

愛存在於角落

你看錯了月影的美麗

能告訴我嗎？秋的消息

腳步

你是一部分

生下來的一部分

想家

面前跑過風

沒帶有家裡老酒的香氣

卻用一棵李樹

擊敗了我一絲的堅強

黑燈下的火

黑燈下

光是最寂寞的少年

心故事

就如黃色的花瓣

那是強拉下的雨粒

打破了花的姓名

就取它為潑水節的雨季

夕陽

每一句加在劇本裡的臺詞

就為了看你一眼

緬華截句選

淺談緬華現代詩歌詩壇的發展

王崇喜

前言：

　　二十世紀初，中國新文學運動後，現代詩歌的
新形式打破了傳統舊體詩的規範，在中國文學史上，
取得了新的突破和成就。而這種新的文學形式，也隨
之在世界各地的華文文壇中傳播、擴散開來，尤其周
鄰中國的東南亞各國華文文壇，就理所當然的受到影
響。然則，作為新形式的現代詩歌的種子，在非漢語
為主流的東南亞各國，又因大時代的變故及國情相異
而有各自的命運，如菲律賓、馬來西亞、柬埔寨、印
尼、越南、緬甸等都曾因為政局的因素，而受到不同

程度的影響，其中，尤以緬華詩壇受創甚巨。

　　直至近年（2010），緬甸開始走入改革開放的道路，緬華詩壇才萌現生機，沉寂了近半世紀的緬華文學，又現出一片曙光。

一、緬華現代詩歌詩壇的醞釀期：

　　1903年，緬甸第一份華文報紙《仰江新報》（1905年改名《仰光新報》）創刊。隨後《光華日報》、《商務報》、《進化報》、《緬甸公報》等先後創辦，這些華報都曾刊登過一些文學作品，緬華文壇的雛形因此形成。但不久後，這些報刊又因各種因素停辦，此一時期是緬華文壇的起步期。

　　1913年至1942年，先後有《國民日報》、《覺民日報》、《仰光日報》、《新芽小日報》等八家華文報紙創刊，隨著緬華報刊的發展，緬華文藝社團也相繼出現，許多報刊也開闢了文學副刊，此時期的緬華文學受到中國「五四」新文學的影響，現代詩歌的胚

子，也隨之在緬華文壇萌芽。

　　這時期雖然出現了諸多文藝團體，但白話詩在緬甸詩壇的地位並沒有得到重視，一方面是現代詩歌在緬華文壇仍屬非主流創作，且寫現代詩的作者無幾；另一方面，許多寫古典詩歌的詩人們又不屑寫現代詩，緬華詩壇中的大多數詩社，又多以創作古典詩詞為主。因此，現代詩歌的幼苗，在緬甸這塊豐沃的土壤上，並沒有茁壯起來。

　　1929年初，巴寧、林東海、湯艾蕪等三人在緬甸仰光創辦《新芽小日報》，巴、林、湯三人皆受「五四」新文學運動及新文化運動思潮影響，但《新芽小日報》是否刊登過現代詩詩歌，因資料缺乏，尚無法考證，然從其他資料可佐證《南行記》作者湯艾蕪在創辦《新芽小日報》前，曾寫過現代詩歌。且在《新芽小日報》創辦前，湯艾蕪即與仰光日報的黃綽卿往來，乃至影響了黃綽卿寫現代詩。故湯艾蕪也可算是促進緬華現代詩歌詩壇形成的影響人物。

二、緬甸華文現代詩歌詩壇的萌芽期：

　　繼《新芽》之後，緬華文藝活動及文學社團逐漸萌生，諸如《波光》、《椰風》、《野草》、《芭雨》、《熱風》、《明天》、《規律》、《黎明》、《南國文學》等文學副刊相繼出現。

　　以上諸文藝社中，刊登過現代詩歌且有資料可循的是「椰風」文藝社，該社即由緬華作家黃綽卿與一批自學成材的緬華青年於《仰光日報》闢刊，共有十位成員。黃綽卿原為《仰光日報》排字工，藉著排字工作，閱讀了不少文章，故而自學成才，開始寫古典詩歌，後來受「五四」新文學影響，轉而寫現代詩。

　　1990年12月，黃綽卿生前好友鄭祥鵬為其出版《黃綽卿詩文選》，湯艾蕪於成都為該書題序，序中提及：

　　　　「我1936年在上海黎烈文主編的文學刊物《中流》上，寫文介紹黃綽卿，題名《阿黃》，並

提到黃綽卿在《椰風》發表的新詩《江上》
（見《椰風》第四十九期）。」

　　從湯艾蕪的序言中，不難看出黃綽卿寫現代詩
歌，多少受湯艾蕪的鼓勵和影響。

　　近二十年來，世界華文文學的研究在海內外方興
未艾，但由於資料缺乏，緬甸華文文學只有零星的研
究，尤其現代詩歌領域，更是一片空白。在《海外華
文文學史》（第三卷）中，雖有談到緬甸華文作家黃
綽卿，但可惜的是：

「《黃綽卿詩文選》的編輯者主要著眼於該書
對於緬甸僑史的資料價值，所以沒有將黃綽
卿的這一類作品（按：指小說和新詩這些華文
文學作品）收入該書中」（注：陳賢茂主編，
《海外華文文學史》（第三卷），第435頁。）

　　因此，黃綽卿的現代詩歌，不但沒有在紙質刊物

上保留下來，其遺稿至今也難尋難覓。

　　故自1930年代至1942年間，緬華現代詩歌創作隨著報刊及文藝社的興起而有茁壯之勢，只可惜這些曾經在歷史上活躍過的報刊、文藝社等都因為大環境的變遷，許多寶貴的文獻都沒有留存下來。

三、緬華詩壇的黑暗期：

　　1942年至1945年，日軍侵佔緬甸，隨著中國遠征軍的敗退，緬華華文事業受到嚴重摧殘，華文教育、華文報刊和華文文創被迫停止。而在緬華文創活動中正處於萌芽期的現代詩歌的幼苗，也因此夭折，這是緬華文學的第一個黑暗時期。

四、緬華詩壇的再度萌生：

　　二次大戰結束至1965年，是緬華文壇及文學活動迅速恢復時期，抗戰期間四處奔離的文人回到仰光，

重振旗鼓。《中國日報》、《新仰光報》、《人民報》、《中華商報》、《自由日報》、《南國畫報》等華文報刊和文學社團相繼出現，如「朱波吟社」、「晨光」、「天南」、「百花」、「似梅」、「裁雲」、「時潮文友社」、「新潮文友社」等文學社團紛紛成立。而在以上文學社團中，「新潮文友社」和「時潮文友社」是較晚出現的新進文學社團，並創作現代詩歌。

　　據「新潮文友社」社員林德基（林白）先生在〈仰光江邊九：新潮文友社〉一文中回憶，1965年，「新潮文友社」和「時潮文友社」在排外的緬甸軍政府威嚴統治下，為振興枯萎的緬華文學，毅然創刊。「新潮文友社」於1965年2月在仰光《自由日報》推出創刊號，共十位社員投入寫作，每期刊登一至二首現代詩歌作品。在「新潮」中耕耘現代詩歌的作者有蔚人、忘憂、劍橋、林白等。從「新潮文友社」成員忘憂的詩作〈新潮獻詞〉中，可以看到1960年代緬華現代詩歌詩壇的憧憬和希望。摘錄如下：

熱情的年輕人那喜歡沉默？

要把心聲吐露於筆尖。

那怕是哭泣與狂笑——

沉默的憤怒與激情有誰欣賞？

靜看東流的大海，

隔不遠的北面起著渦漩。

揭發古今的歷史表，

不同的時代掀著異樣的「新潮」。

二十世紀的我們的「新潮」誕生了，

它將以最堅忍的意志，

載著我們年輕的生命火花，

在艱辛的坎坷的人生途徑上爆炸。

不要害羞於妳初長的幼稚：

「新潮」。願你給與我們最大的毅力，

支持著我們這一群——

徬徨無依的靈魂。

　　遺憾的是，「新潮文友社」才刊登了十期，就因政局的劇變而停刊。「新潮文友社」成員，也紛紛離開緬甸。

　　除了「新潮」和「時潮」兩個文友社外，「朱波吟社」出版的《朱波吟草》，也刊登過少數的現代詩歌作品。

五、緬華文壇與詩壇的沉寂：

　　1962年，緬甸軍政府頒布《緬甸社會主義道路》宣言後，在「國有化」政策的實施下，所有銀行、貿易、工商、報紙、學校等陸續被收歸國有，並規定除了緬文和英文外，其他外文報刊書籍一律禁止出版。知識份子和文化人紛紛逃往國外，《時潮》與《新潮》兩個年輕而有活力的文學社團就此停止運作，正

在茁壯的現代詩歌詩壇也走入陌路窮途，緬華文壇和詩壇從此沉寂。

六、緬華詩壇恢復元氣

1984年，緬甸北部臘戍市《永新之花》手抄本創刊（總編輯董寶雙，現任曼德勒明德學校校長），同時成立「永新讀書會」。《永新之花》第二期改為《永新文藝》，至一九九〇年，共出版過四期，皆為手抄本。1996年，永新班友會將出版過的四期合編成《永新文藝》合訂本。

《永新文藝》中，共收錄七十餘位作者的作品，可惜其中只收錄了段懷沈先生的兩首現代詩歌作品（組詩）：《皇城懷古》和《皇城浮想》，這兩首組詩內容幽美，感情真摯，是繼《新潮》之後，出現在紙質刊物上的緬華現代詩歌代表作品。

1998年11月《緬甸華報》創刊。在此之前，有三十餘年的時間，緬甸沒有中文報紙發行。三十餘年

來，緬華文教，只能藉助廟宇偷偷進行，在如此艱難的條件下，學習華文已屬不易，更遑論創作。故緬華文學在《緬甸華報》問世前的三十餘年，屬於真空期，而《緬甸華報》的出現，彷彿為久凍的冰川，帶來一絲陽光。

雖然《緬甸華報》創刊，但停頓了三十餘年的華文創作，卻出現了巨大的鴻溝和斷層；曾經熱血沸騰的六〇年代作者，大都離散在世界各地，有的已年近古稀，有的已作古；在地的新一輩青年，能讀懂漢字已屬難得，遑論文學創作。故《緬甸華報》雖闢有文藝副刊，但稿源是一大問題，尤其耕耘現代詩歌作者，更是零星。根據筆者蒐集到曾經在《緬甸華報》發表過現代詩歌作品的詩人，共有六位，分別是思遠、冰翎、浩東、飛夢、倩兮、伊江漁子等，他們有的是華校教師，有個別詩人專門翻譯緬甸本土詩人作品，如詩人冰翎翻譯了很多緬甸本土詩人作品，這對促進緬華詩壇與緬甸詩壇的互動，起到良性的交流作用。

《緬甸華報》在蒸蒸日上的經營中，眼見緬華文

壇詩壇將再現生機，令人鼓舞和期待之際，卻不幸又因「時運不濟」而被迫停刊，時逢2004年10月。

《緬甸華報》停刊後三年，2007年10月也是簡體字發行的緬甸《金鳳凰》半月刊創刊。金鳳凰創刊後，相繼開闢了「學生園地」、「筆耕文苑」、「華文教育」等欄目，為緬甸華校培養寫作人才，為緬華文學愛好者提供了創作平臺。

至今，在《金鳳凰》耕耘的緬華作者越來越多，其中，不乏現代詩歌創作者，如周潤詩、雙木蘭、楊成剛、藍翔、李貴華等。

七、緬華文學迎來春天：現代詩詩社誕生與文學著作出版

2012年初，緬華第一個現代詩詩社「五邊形詩社」成立，打破了緬華詩壇數十年來的沉默氛圍。

五邊形詩社原由四位八〇後緬華青年張祖陞、段春青、黃德明、王崇喜等組成。五邊形成立後，首

先於新加坡「緬甸新文學網」（現改稱「書寫文學網」）發表現代詩，引起新加坡詩壇的關注。

　　同年七月，就出版了《五邊形詩集》合集，並於八月出席由「馬來西亞華文作家協會」在吉隆坡主辦的「第十三屆亞細安華文文藝營」文學交流會上發佈。

　　2013年，五邊形詩創立了《緬甸華文文學網》，為緬甸華文文學愛好者提供交流平臺。至今，在《緬甸華文文學網》耕耘的緬華作者已多達三十餘人。

　　2014年8月4日，《緬華筆友協會》正式在澳門註冊成立，積極攏絡緬華文學寫作者的力量，並出版《緬華文學作品選》。

　　2014年10月2日，緬甸《抹谷雨》詩刊創刊。《抹谷雨》則是由《五邊形》詩社副社長段春帶領緬甸抹谷地區華校小學生成立的文學社團，主要創作現代詩歌，其年齡約在12歲至14歲之間，目前共13位成員。

　　2015年3月，在「東南亞華文詩人筆會」的主催

緬華截句選

下，五邊形詩社在緬甸本土仰光市承辦了「第八屆東南亞華文詩人大會」，邀請兩岸四地詩人學者及東南亞各國詩人與會交流。與此同時，五邊形詩社出版了緬甸華文文學叢書系列作品，分別是《五邊形詩集二》、《一方詩情》（方角、一角）、《遠處的山，近處的水，和腳下的泥土》（轉角）、《原上》（號角）、《十二個太陽和十二個月亮》（奇角）、《時間的重量》（廣角）、《三輪車》（奇角）、《緬華文學作品選》創刊號、《雙木蘭詩選》、《抹谷雨》等十本著作。這是緬甸半世紀以來，首次舉辦國際性文學交流活動，並有系列著作面世。雖然以上十本著作都非正式出版，但已充分體現了緬華文學創作的活躍程度與樂觀的前景。

藉由第八屆東南亞華文詩人大會的舉行，緬華文作品也隨受到兩岸四地學者及東南亞各國之關注，在大會論壇中，中國學者北塔的《試論五邊形詩社》、廈門大學中文系教授郭惠芬的《從五四到新世紀：緬甸華文新詩淺探》、澳門緬甸歸僑許均銓的《長江後

浪推前浪》等，均對「五邊形詩社」的出現和緬華文學作品的面世，作出了點評，讓詩會的成功舉辦，獲得了豐碩的成果。

2017年重陽節，兼容古詩與現代詩兩種文體的「古韻新聲詩社」也宣告成立，而後在短短半年間，就出版了《古韻新聲詩集》。由於「古韻新聲詩社」社員多寫古詩，故《古韻新聲詩集》集一中，收錄的現代詩作品篇幅較少，但在即將出版的《古韻新聲詩集》集二中，將有更多的現代詩歌作品出現，值得期待。

因此，「五邊形詩社」、「抹谷雨詩社」、「古韻新聲詩社」是緬華文學和現代詩崛起的三個新生命。澳門「緬華筆友協會」也極力推波助浪。筆者相信，不久的將來，緬華文學和現代詩歌詩壇將隨著緬甸民主的進步而有更好的前景。

備註：本文第一次修訂於2017年7月26日。第二次修訂於2018年7月10日

參考文獻：

1.《黃綽卿詩文選》（中國華僑出版社，鄭祥鵬編，1990.12月，第一版第一刷）

2.《緬甸華文文學作品選》（2006年，林清風、郭濟修、張平、許均銓合編）

3.《緬華詩韻》（經緯出版社，張新民主編，2012.7第一版第一刷）

4.《新潮文友社》舊刊，（新潮文友社社員林德基先生提供）

5.《亞細安現代華文文學作品選‧緬甸卷》（許均銓主編）

6.〈仰光江邊（九）：新潮文友社〉（林德基）

7.〈緬華詩社〉許均銓

8.《永新文藝》董寶雙

語言文學類　截句詩系26　PG2127

緬華截句選

主　　編 / 王崇喜
責任編輯 / 林昕平
圖文排版 / 周妤靜
封面原創設計 / 許水富
封面設計 / 蔡瑋筠

發 行 人 / 宋政坤
法律顧問 / 毛國樑　律師
出版發行 / 秀威資訊科技股份有限公司
　　　　　114台北市內湖區瑞光路76巷65號1樓
　　　　　電話：+886-2-2796-3638　傳真：+886-2-2796-1377
　　　　　http://www.showwe.com.tw
劃撥帳號 / 19563868　戶名：秀威資訊科技股份有限公司
　　　　　讀者服務信箱：service@showwe.com.tw
展售門市 / 國家書店（松江門市）
　　　　　104台北市中山區松江路209號1樓
　　　　　電話：+886-2-2518-0207　傳真：+886-2-2518-0778
網路訂購 / 秀威網路書店：https://store.showwe.tw
　　　　　國家網路書店：https://www.govbooks.com.tw

2018年11月　BOD一版
定價：400元
版權所有　翻印必究
本書如有缺頁、破損或裝訂錯誤，請寄回更換

國家圖書館出版品預行編目

緬華截句選 / 王崇喜主編. -- 一版. -- 臺北市：
秀威資訊科技, 2018.11
　　面；　公分. -- (語言文學類)(截句詩系；
26)
　BOD版
　ISBN 978-986-326-619-8(平裝)

868.151　　　　　　　　　　107017630

讀 者 回 函 卡

感謝您購買本書，為提升服務品質，請填妥以下資料，將讀者回函卡直接寄
回或傳真本公司，收到您的寶貴意見後，我們會收藏記錄及檢討，謝謝！
如您需要了解本公司最新出版書目、購書優惠或企劃活動，歡迎您上網查詢
或下載相關資料：http:// www.showwe.com.tw

您購買的書名：＿＿＿＿＿＿＿＿＿＿＿＿＿＿＿＿＿＿＿＿＿＿＿＿＿＿

出生日期：＿＿＿＿年＿＿＿＿月＿＿＿＿日

學歷：□高中 (含) 以下　　□大專　　□研究所 (含) 以上

職業：□製造業　□金融業　□資訊業　□軍警　□傳播業　□自由業
　　　□服務業　□公務員　□教職　　□學生　□家管　　□其它＿＿＿

購書地點：□網路書店　□實體書店　□書展　□郵購　□贈閱　□其他

您從何得知本書的消息？

　　□網路書店　□實體書店　□網路搜尋　□電子報　□書訊　□雜誌

　　□傳播媒體　□親友推薦　□網站推薦　□部落格　□其他＿＿＿＿＿

您對本書的評價：(請填代號　1.非常滿意　2.滿意　3.尚可　4.再改進)

　　封面設計＿＿＿　版面編排＿＿＿　內容＿＿＿　文／譯筆＿＿＿　價格＿＿＿

讀完書後您覺得：

　　□很有收穫　□有收穫　□收穫不多　□沒收穫

對我們的建議：＿＿＿＿＿＿＿＿＿＿＿＿＿＿＿＿＿＿＿＿＿＿＿＿＿＿

＿＿＿＿＿＿＿＿＿＿＿＿＿＿＿＿＿＿＿＿＿＿＿＿＿＿＿＿＿＿＿＿＿＿

＿＿＿＿＿＿＿＿＿＿＿＿＿＿＿＿＿＿＿＿＿＿＿＿＿＿＿＿＿＿＿＿＿＿

＿＿＿＿＿＿＿＿＿＿＿＿＿＿＿＿＿＿＿＿＿＿＿＿＿＿＿＿＿＿＿＿＿＿

11466
台北市內湖區瑞光路 76 巷 65 號 1 樓
秀威資訊科技股份有限公司 　收
BOD 數位出版事業部

....

（請沿線對折寄回，謝謝！）

姓　　名：_____　年齡：_____　性別：□女　□男

郵遞區號：□□□□□

地　　址：_____

聯絡電話：(日) _____　(夜) _____

E - m a i l：_____